AF497840

TRAITÉ

DE LA

PROSODIE ITALIENNE;

Par P. J. CHATAU, ex-Officier.

Prix : 1 fr. 50 c.

A MONTPELLIER,

De l'Imprimerie d'Auguste RICARD, plan d'Encivade,

N.º 209.

1810.

AVIS AU LECTEUR.

Quelques mots italiens reçoivent l'accent prosodique tantôt sur une syllabe, tantôt sur une autre, selon leur différente signification. Ces mots font tous partie des exceptions : j'ai eu soin d'indiquer le sens dans lequel ils se trouvent exceptés.

Afin d'être utile sans ennuyer, je n'ai point parlé des licences poétiques en matière d'accent ou de quantité prosodique.

Quelques-uns des assemblages de voyelles, dont je parle dans l'introduction, comptent quelquefois pour deux syllabes en poésie, dans des cas où ils forment toujours des diphthongues en prose : au contraire, quelques-uns de ces mêmes assemblages ne comptent souvent que pour une syllabe en poésie, dans des cas où ils en forment toujours deux en prose. Comme cela ne change rien à l'accent prosodique ni à la quantité d'un mot, je n'ai pas dû indiquer quelles étaient les circonstances où cette différence avait lieu.

TRAITÉ

DE LA

PROSODIE ITALIENNE.

INTRODUCTION.

On appelle *Prosodie*, la prononciation régulière des mots, conformément à l'accent et à la quantité.

De l'Accent prosodique.

L'*Accent prosodique* n'a aucune marque pour les yeux dans la langue italienne, à moins qu'il ne tombe sur la voyelle finale d'un mot.

Chaque mot italien a une syllabe qui reçoit l'accent prosodique. Cette syllabe est ou la dernière, ou la pénultième, ou l'antépénultième, ou celle qui précède l'antépénultième.

L'accent prosodique doit être marqué par

l'abaissement de la voix , quand il tombe sur la voyelle finale d'un mot ; dans tout autre cas , il doit être marqué par une élévation de la voix.

De la Quantité.

La *Quantité* marque le plus ou le moins de temps qui s'emploie à prononcer chaque syllabe : de là naissent des syllabes longues et des syllabes brèves.

Chaque mot italien a une syllabe longue ; mais, dans aucun cas , il ne peut en avoir deux. Cette syllabe est toujours celle qui reçoit l'accent prosodique.

On appuie sur les syllabes longues, et l'on glisse sur les brèves. Le repos de la voix sur une longue doit équivaloir à celui qu'elle fait sur deux brèves.

Nota. Dans les exemples , nous figurerons l'accent prosodique (qui, comme l'on vient de voir, est toujours signe de quantité) par l'accent aigu.

REMARQUES SUR *ai* , *au* , *ei* , etc.

ai.

ai forment une diphthongue (1); comme à

____

(1) On appelle *diphthongue,* la réunion de deux voyelles , qui expriment un son double , et qui néanmoins se prononcent par une seule émission de voix : ainsi les diphthongues ne font qu'une syllabe.

la fin de *amai*, *verrai*. Mais ces deux voyelles forment deux syllabes, 1.º Dans les terminaisons *aica*, *aico*, *aide*, *aina*, *aino*, *aismo*, *aissimo*; comme, *faina*, *musaico*, *prosaismo*, etc. 2.º Dans *aita*, *caicco*, *chiaito*, *distraibile*, *guaime*, *naibi*, » *fraile*, » *saime*, ainsi que dans les noms propres *Abigaille*, *Betsaida*, *Caimo*, *Caistro*, *Efraimo*, *Isaia*, *Sinai* (1), *Tanai* (2), *Tebaida*. 3.º Dans les verbes *airo*, *aisso*, *aito*, *aizzo*, *ebraizzo*, *giudaizzo*. 4.º Dans les infinitifs *baire*, *contraire*, *guaire*, ainsi que dans leurs dérivés; comme, *baisco*, *guaiva*, etc. 5.º A la fin d'un mot, quand l'*i* est accentué; comme dans *spaì*.

au.

au forment une diphthongue; comme dans *aurora*, *causa*. Mais ces deux voyelles forment deux syllabes, 1.º Dans *auzzo*, *balausta* ou *balausto* ou *balaustra*, *balaustro*, *baule*, *ceffautte* ou *ceffautto*, *effautte*, *gammautte*, *paura*, *sciaura*, » *maunque*, » *rauno*, assemblée, ainsi que dans les noms propres *Emmausse* ou *Emmausso*, *Esaù*, *Saule* ou *Saulle* ou *Saullo*. 2.º Dans les verbes *auggio*, *augno*, *auno*, *auncico*, *aunghio*, *auso*, *auzzo*, *impauro*, *spauro*.

---

(1) On écrit aussi *Sinai*.
(2) Aujourd'hui *Tana*.

ei.

ei forment une diphthongue ; comme à la fin de *credei, amerei, costei.* Mais ces deux voyelles forment deux syllabes, 1.º Dans les terminaisons *eide , eina, eino , eismo, eissimo, eista ;* comme, *romeina, deismo, ateista,* etc. 2 • Dans *ateistico, deifico , veicolo* ou *veiculo,* ainsi que dans les noms propres *Almeida , Briseida, Ceice , Deifile , Eneida , Neifile.* 3.º Dans les verbes *deifico , reitero.* 4.º Dans l'infinitif *inveire ,* ainsi que dans ses dérivés ; comme , *inveisco, inveiva,* etc. 5.º A la fin des verbes *delinei* ou *linei, disalvei, inalvei , nausei.* 6.º Au pluriel des noms et adjectifs terminés en *eo,* qui ont l'accent prosodique sur leur antépénultième syllabe : comme, *acúleo, acúlei; róseo , rósei.* 7.º A la fin d'un mot, quand l'*i* est accentué; comme dans *invei.*

eu.

eu forment une diphthongue ; comme dans *eunuco , feudo.* Mais ces deux voyelles forment deux syllabes, 1.º Dans *beuta, cheunque, gisolreutte, leuto, » neuno,* ainsi que dans les noms propres *Breusse* ou *Breusso, Creusa.* 2.º Dans les noms et adjectifs terminés en *euccia* ou *euzza, euccio* ou *euzzo ;* comme, *plateuccia* ou *plateuzza , museuccio* ou *museuzzo.*

(5).

ia.

ia forment une diphthongue; comme dans *piano, nebbia.* Mais ces deux voyelles forment deux syllabes, 1.º Dans les noms et adjectifs terminés en *iaca, iaco, iade;* comme, *ubbriaca, armoniaco, olimpiade.* Cependant *ia* ne forment qu'une syllabe dans *giaco,* et dans quelques noms propres très-peu usités. 2.º Dans *ciato, elefantiasi* ou *elefanziasi, fiala,* ainsi que dans *Amadriada, Driada, Euriale, Pliada, Priamo, Tiberiada.* 3.º A la fin des mots qui ont l'accent prosodique sur l'*i* de cette terminaison; comme, *armonía, invía.*

ie.

ie forment une diphthongue; comme dans *pieno, coglie.* Mais ces deux voyelles forment deux syllabes, 1.º Dans *ariete, diesi, »ziemo.* 2.º Dans le verbe *arieto.* 3.º A la troisième personne du pluriel du conditionnel présent; comme, *amerieno, sarieno, vorrieno,* dont on se sert en poésie pour *amerebbero, sarebbero, vorrebbero* (1). 4.º Dans les troisièmes personnes du pluriel *dieno, fieno, sieno, stieno.* 5.º A la fin des mots qui ont l'accent prosodique sur l'*i* de cette terminaison; comme, *elegíe, solatíe.*

___

(1) Cependant *ie* forment une diphthongue dans les mêmes mots, ainsi que dans les quatre suivans, quand les Poètes font tomber l'accent prosodique sur l'*e* de la terminaison *ieno.*

io.

io forment une diphthongue; comme dans *piove*, *tempio*. Mais ces deux voyelles forment deux syllabes, 1.º Dans *ariolo*, *miope*, *periodo*, ainsi que dans les noms propres *Antioco*, *Antiopa*, *Antiope*, *Calciope*, *Calliope*, *Candiope*, *Cassiope*, *Egioco*, *Esiodo*, *Etiopo*, *Liriope*. 2.º Dans les verbes *periodo*, *violo*. 3.º A la fin des mots qui ont l'accent prosodique sur l'*i* de cette terminaison; comme, *leggío*, *pazzío*.

iu.

iu forment une diphthongue; comme dans *schiuma*. Mais ces deux voyelles forment deux syllabes dans *chiunque*, *liuto*.

oi.

oi forment une diphthongue; comme dans *oibò*, *poi*. Mais ces deux voyelles forment deux syllabes, 1.º Quand elles précèdent la dernière syllabe du mot dont elles font partie, pourvu que la voyelle finale de ce mot ne soit pas accentuée; comme dans *eroico*, *eroina*, *eroismo*. 2.º A la fin d'un mot, quand l'*i* est marqué d'un accent grave; comme dans *gioì* (1).

----

(1) Il y a un grand nombre de mots où *ai*, *au*, *ei*, *eu*, *ia*, *ie*, *io*, *iu*, *oi*, forment deux syllabes, hors des cas indiqués ; nous avons dû passer ces mots sous silence, vu que la pratique est le guide le plus sûr a cet égard. D'ailleurs l'objet qui nous occupe étant de connaître

ua.

ua forment deux syllabes ; comme dans *persuaso, tua.* Mais ces deux voyelles forment une diphthongue après *g* ou *q* ; comme dans *guasto, acqua.*

ue.

ue forment deux syllabes ; comme dans *assuefatto, due.* Mais ces deux voyelles forment une diphthongue après *g* ou *q*; comme dans *guercio, questo.*

ui.

ui forment deux syllabes; comme dans *sustituire, individui.* Mais ces deux voyelles forment une diphthongue , 1.º Après *g* ou *q;* comme dans *guida, nocqui.* 2.º A la fin des mots qui ont l'accent prosodique sur l'*u* de cette terminaison ; comme dans *colúi, fúi.*

uo.

uo forment une diphthongue; comme dans *buono, cuore, uomo.* Mais ces deux voyelles forment deux syllabes , 1.º A la fin d'un mot, pourvu que l'*u* ne soit pas immédiatement précédé de *g* ou de *q*; comme, *individuo, tuo.* 2.º Dans les verbes *influono, repluono.* 3.º Dans

---

quelle est la syllabe ou la voyelle sur laquelle tombe l'accent prosodique dans un mot quelconque , si l'on suppose que ces assemblages de voyelles forment toujours des diphthongues , hors des cas indiqués, on ne sera jamais embarrassé.

les adjectifs terminés en *uoso*, quand cette terminaison n'est pas immédiatement précédée de *g* ou de *q* ; comme, *virtuoso*.

aa, *ae*, *ao*, *ea*, *ee*, *eo*, *ii*, *oa*, *oe*, *oo*, forment toujours deux syllabes ; comme dans *paese*, *mausoleo*, *eroe*, etc.

La *voyelle dominante* (1) des diphthongues *ai*, *au*, *ei*, *eu*, *oi*, est la première ; celle des diphthongues *ia*, *ie*, *io*, *iu*, *ua*, *ue*, *uo*, est la seconde ; et celle de la diphthongue *ui* est *i*, après *g* ou *q*, et *u*, quand l'accent prosodique tombe sur cette voyelle.

Observations.

1. Quand deux voyelles réunies forment deux syllabes dans un mot quelconque, il en est de même dans les composés de ce mot.

2. Quand *ia* forment deux syllabes à la fin d'une troisième personne du singulier, il en est de même dans celle du pluriel.

3. Quand deux voyelles réunies forment deux syllabes à la première personne du singulier du présent de l'indicatif, il en est de même aux autres personnes du singulier de ce temps, ainsi qu'aux personnes du même nombre du présent de l'impératif et du subjonctif. La troisième personne du pluriel de

______

(1) Les Italiens appellent *voyelle dominante*, dans la prononciation des diphthongues, celle des deux voyelles réunies qui sonne le plus.

ces trois temps suit la règle de la première personne du singulier du présent de l'indicatif.

4. Quand deux voyelles réunies forment deux syllabes dans un adjectif masculin singulier, il en est de même à son féminin singulier. Tout nom ou tout adjectif pluriel suit la règle de son singulier.

REMARQUES

SUR LA RÉUNION DE TROIS VOYELLES.

. Trois voyelles réunies forment une *triphthongue* (1), quand la première peut former une diphthongue avec la seconde, et celle-ci avec la troisième, d'après ce que nous avons dit dans les remarques précédentes; comme dans *figliuolo*, *miei*, *sbagliai* (2).

Trois voyelles réunies font deux syllabes, quand la première ne peut pas former une diphthongue avec la seconde, ou bien celle-ci avec la troisième; comme dans *delineai*, *guaina*, *gioite*.

Trois voyelles réunies font trois syllabes,

---

(1) On appelle *triphthongue*, la réunion de trois voyelles, qui expriment un son triple, et qui néaumoins se prononcent par une seule émission de voix : ainsi les triphthongues ne font qu'une syllabe.

(2) Cela n'arrive pas toujours ; mais si l'on suppose que trois voyelles réunies forment toujours une triphthongue, quand la première peut former une diphthongue avec la seconde , et celle-ci avec la troisième , on connaîtra, sans difficulté, quelle est celle des trois voyelles qui reçoit l'accent prosodique.

quand la première ne peut pas former une diphthongue avec la seconde, ni celle-ci avec la troisième ; comme dans *Isaia*.

La *voyelle dominante* (1) d'une triphthongue est celle du milieu, quand elle peut l'être de la première et de la troisième ; comme dans *miei*, *sbagliai*, *vuoi*. Mais c'est la troisième qui est la dominante, quand elle ne peut pas être dominée par la seconde ; comme dans *figliuolo* (2).

DE L'ACCENT GRAVE (3).

L'Accent grave se met, 1.º Sur les noms terminés en *ta*, dont les analogues en français finissent en *té*, et en latin en *tas* ; comme, *verità*, vérité.

2.º Sur la troisième personne du singulier du parfait défini des trois conjugaisons, quand la première personne du singulier de ce temps

---

(1) Les Italiens appellent *voyelle dominante*, dans la prononciation des triphthongues, celle des trois voyelles réunies qui sonne le plus.

(2) Quelques personnes emploient *i*, au lieu de *j*, quand celui-ci doit se trouver entre deux voyelles, la première desquelles n'est pas un *u* immédiatement précédé de *g* ou de *q* ; ce qui n'est plus permis. Comme quelquefois on pourrait être embarrassé, on aura pour règle que *i*, entre deux voyelles, forme une diphthongue avec celle qui le suit, quand il n'est pas immédiatement précédé de *gu* ou de *qu* ; comme dans *aiuto*, *noia*, pour *ajuto*, *noja*. Cependant cet *i* forme une syllabe (et il n'a jamais été permis de le remplacer par *j*) dans *Isaia*, *Semeia*, et dans quelques autres noms propres très-peu usités.

(3) Cet accent, qui ne se met que sur la voyelle finale d'un mot, est le seul qu'on emploie en italien.

est terminée par deux voyelles : comme, *amai,
amò*; *credei, credè*; *sentii, sentì*.

3.º Sur les première et troisième personnes
du singulier du futur absolu : comme, *amerò,
amerà*; *terrò, terrà*; *verrò, verrà*.

4.º Sur les première et troisième personnes
du singulier du présent de l'indicatif, ainsi
que sur la seconde personne de ce nombre du
présent de l'impératif, des composés des verbes
andare, dare, fare, stare : comme, *rivò* (1),
rivà; *ridò, ridà*; *soddisfò, soddisfà*; *sovrastò,
sovrastà*. Mais les mêmes personnes des verbes *sdare, sfare*, s'écrivent sans accent.

5.º Sur les première et troisième personnes
du singulier du présent de l'indicatif des composés du verbe *sapere*; comme, *antisò, antisà*.

6.º Sur les verbes *è, dà, dì, diè* pour
diede, può; mais il est inutile sur *fe* pour *fece*.

7.º Sur la conjonction *che*, ajoutée à la fin
d'un mot quelconque ; comme, *affinchè ,
benchè, perchè*.

8.º Sur les mots suivans, savoir :

abbicì ,	aimè ,	baccalà ,
affè ,	aloè ,	balì ,
agà ,	altresì ,	bascià , } *bacha* ,
abibò ,	anzichenò ,	bassà , }
ahimè ,	arrò ,	bembè ,
aibò ,	arzanà ,	bengivì ,

---

(1) Cependant on ne le met pas sur cette première personne , quand
elle se termine en *ado*; comme , *malvado, rivado, trasvado*.

bistorì,   falò,   oibò,

bombababà,   falpalà,   oimè,

burò, *bureau*,   lissù,   oisè,

cacciù,   già (*adverbe*),   oitù,

cacciundè,   gilè,   olà,

cadì,   giò, *dia*,   ombè,

caffè,   gioventù,   omè,

canapè, *canapé*,   giracò,   orbè (*adverbe*),

candì,   giù,   orsù,

canopè,   giulè,   però (*conjonction*),

caracò,   giurì,   piè *pour* piede,

chermisi (1),   là (*adverbe*),   più,

chicchirlò,   lacchè,   quà,

cià,   lassù,   quassù,

ciò,   lì (*adverbe*),   qui,

colà (*adverbe*),   lolò,   rapè,

colassù,   lui, *roitelet*,   schiavitù,

così,   madiè,   senettù,

costà (*adverbe*),   madiò,   servitù,

costassù,   mainò,   sì (*adverbe*),

costì,   malprò,   siloè,

crì,   mavì,   sofà,

cuccurucù,   mercè, *quand il*   sofì,

dabbuddà,   *ne signifie pas*   spaì,

dì, *jour*,   marchandise.   tabì,

dispersè,   mosciamà,   taffetà,

dorè,   muftì,   terì (2),

eimè,   nè, *ni*,   testè,

elà,   ocò,   tirasù,

evoè,   ohimè,   tribù,

---

(1) Comme l'on verra dans l'article second, *chermisi* a aussi l'accent prosodique sur son antépénultième syllabe.

(2) A Naples ou dit *tari*.

umbè,	Berrì,	Moisè,
vicerè,	Bordò,	Mosè,
virtù,	Canadà,	Mustafà,
	Chilì,	Niccolò,
» merzè,	Corfù,	Nicolò,
	Esaù,	Noè,
Alcalà,	Forlì,	Pegù,
Angiò,	Gesù,	Perù, etc.
Belzebù,	Giosuè,	

9.º Sur les composés de tous les mots qui sont marqués de cet accent; comme, *giovedì*, *quaggiù*, *treppiè*, etc.

Nota. L'accent grave est inutile sur *fe* pour *fede*, ainsi que sur *gru*, *no*, *te*, thé. Quelques personnes ne le mettent pas sur *quà*, *quì*. --Quand après un verbe, dont la voyelle finale est accentuée, on met un des pronoms *mi*, *ti*, *si*, *ci*, *vi*, *lo*, *la*, *li*, *le*, *gli*, *ne*, ce verbe perd son accent; mais la consonne du pronom est toujours doublée, excepté dans *gli* : comme, *amommi*, *evvi*, *vedralle*, pour *mi amò*, *v'è*, *le vedrà*.

REMARQUES

1. Quand la syllabe, sur laquelle tombe l'accent prosodique, comprend une diphthongue ou une triphthongue, c'est sur la voyelle dominante qu'il faut appuyer; comme, *áulico*, *féudo*, *figliuólo*.

2. Tout adjectif féminin singulier a l'accent

prosodique sur la même voyelle que son masculin singulier: comme, *áulico, áulica; solatío,
solatía.*

3. Tout nom ou tout adjectif pluriel a
l'accent prosodique sur la même voyelle que
son singulier : comme, *garófano , garófani ;
elegía , elegíe; felíce , felíci.*

4. Tout nom de femelle suit la règle du
nom de son mâle, quand il ne diffère de celui-
ci que par le changement de l'*o* en *a*; comme,
ásino, ásina.

5. Lorsqu'un nom de peuple devient adjectif , l'accent prosodique tombe toujours
sur la même syllabe; comme, *un* Véneto ,
una lira véneta.

6. Les seconde et troisième personnes du
singulier du présent de l'indicatif et de l'impératif, ainsi que les trois personnes de ce
nombre du présent du subjonctif, ont l'accent
prosodique sur la même voyelle que la première personne du singulier du présent de
l'indicatif (1) : comme, *certífico, certífichi, cer-
tífica; tornéo , tornéi, tornéa; invío , invíi,
invía.* La troisième personne du pluriel de ces
trois temps, a aussi l'accent prosodique sur la
même voyelle que la première personne du
singulier du présent de l'indicatif : comme ,

______

(1) Pour ce qui est des verbes impersonnels , on supposera qu'ils aient
cette première personne.

certífico, certíficano, certífichino; tornéo, tor-néano, tornéino; invío, invíano, invíino.

7. Quand on retranche la voyelle ou la syllabe finale d'un mot quelconque, l'accent prosodique ne change pas de place ; comme, *il* signór *capitano*, capél *biondo*, amávan *lo studio*. Bien entendu qu'il en est de même des verbes *amaro, credero, sentiro*, etc. dont on se sert en poésie pour *amarono, crederono, sentirono*.

8. Quand on change, en poésie, les terminaisons *dine, gine*, en *do, go*, l'accent prosodique tombe toujours sur la même syllabe : comme, *testúdine, testúdo; immágine, immágo.*

9. Quand on retranche la lettre *v*, des terminaisons *iva, ivano*, de l'imparfait de l'indicatif des verbes en *ire*, l'accent prosodique tombe toujours sur l'*i*: comme, *udíva, udía ; udívano, udíano.*

10. Quand on ajoute, en poésie, une voyelle à une autre qui est accentuée, celle-ci perd son accent ; mais c'est toujours sur elle que tombe l'accent prosodique : comme, *oggidíe, sentíe, finío*, pour *oggidì, sentì, finì.*

11. Quand les Poètes changent les terminaisons *rebbe, rebbero*, du conditionnel présent, en *ria, riano*, l'accent prosodique tombe sur l'*i* de *ia, iano*: comme, *ameria, ameriano; crederia, crederiano; saria, sariano.*

12. Quand un ou deux des pronoms *mi*, *ti*, *si*, *ci*, *vi*, *lo*, *la*, *li*, *le*, *gli*, *ne*, sont ajoutés à la fin d'un mot quelconque, ils ne changent point la quantité ni l'accent du mot; mais ces pronoms se prononcent brefs, puisque dans aucun mot italien il ne peut y avoir deux syllabes longues: comme, *scrívermi*, *desíderolo*, *parlátegli*, *éccola*, *rimproverómmela*, *dicéndogliene*, *véndermelo*, *éccotene*, *abbéveranosi*, *abbéveranosene*.

13. Tout composé suit la règle de son simple : comme, *felíce*, *infelíce*; *cortesía*, *scortesía*; *ténebro*, *otténebro* (1).

Nota. Nous ne ferons pas mention des mots dont la règle est indiquée dans les remarques ci-dessus; il est donc essentiel de les bien retenir.

ARTICLE PREMIER.

Règles communes à toutes les parties du discours.

1. Quand on doit appuyer sur la voyelle finale d'un mot, cette voyelle est toujours marquée d'un accent grave, excepté dans

____

(1) Comme cette règle souffre quelques exceptions dans les composés dont les simples ne sont que de deux syllabes, pour lever toute difficulté, nous rangerons ces composés parmi les exceptés, quand ils ne suivront pas la règle que nous indiquerons.

quelques monosyllabes (1); comme, *amò*, *cre-
derò*, *verità*. Dans tout autre cas, la voyelle
finale d'un mot quelconque n'est jamais accentuée.

Nota. Dans les quatre règles suivantes, il
n'est pas question des mots dont la voyelle
finale est marquée d'un accent grave.

2. Les mots terminés en *ai*, *au*, *ei*, *eu*, *oi*,
ont l'accent prosodique sur leur avant-dernière lettre; comme, *amerái*, *báu*, *empiéi*,
méu, *disvuói*. Mais cet accent tombe sur la
syllabe qui précède la terminaison *ai* ou *ei*,
dans les mots où ces deux voyelles forment
deux syllabes; comme, *Sínai*, *delínei*, *rósei*.

3. Les mots terminés en *ia*, *ie*, *io*, *ui*, ont
également l'accent prosodique sur leur avant-
dernière lettre, quand ils n'ont pour voyelles
que les deux de leur terminaison; comme,
spía, *víe*, *mío*, *fúi* (2). -- Les mots *altrui*, *colui*,
costui, *influi*, *quia* et *replui*, ont aussi l'accent
prosodique sur leur avant-dernière lettre.

4. Les mots de deux syllabes ont toujours,
les cas ci-dessus exceptés, l'accent prosodique
sur la première; comme, *páne*, *nácqui*, *cóglie*.

---

(1) Nous avons déjà dit : *Chaque mot italien a une syllabe longue.*
Ainsi les monosyllabes *chi*, *do*, *fò*, *re*, *tu*, etc. sont longs, quoiqu'ils
ne soient point accentués.

(2) Mais l'accent prosodique tombe toujours sur l'*i* de *qui*, quand ce
mot n'est pas accentué.

5. Quand la voyelle finale d'un mot est immédiatement précédée de deux consonnes, l'accent prosodique tombe sur la pénultième syllabe de ce mot; comme, *credémmo*, *dolénte*, *moménto*. Mais cet accent tombe sur l'antépénultième, 1.º Dans

algebra ,	funebre (1) ,	sineddoche ,
anatra ,	geometra ,	solatro ,
anfimacro ,	illecebra ,	sudduplo ,
anitra ,	interpetre ,	tenebra ,
arbitro ,	interpetro ,	uretra ,
arista ,	latebra ,	vertebra ,
aspalatro ,	mandorla ,	
baratro ,	mandorlo ,	» albitro ,
cattedra ,	pilatro ,	» arismetra ,
celabro ,	piretro ,	
celebre ,	polizza ,	Lepanto ,
centuplo ,	quadruplo ,	Ofanto ,
cerebro ,	quintuplo ,	Otranto ,
clessidra ,	scheletro ,	Scarpanto ,
decuplo ,	scheretro ,	Spalatro ,
feretro ,	settuplo ,	Taranto.

2.º Dans les noms et adjectifs terminés en *metro*; comme, *barómetro*, *pentámetro*.

3.º Dans les noms propres terminés en *icle* et en *ocle*; comme, *Péricle*, *Temístocle*.

4.º Dans les verbes *arbitro*, *calcitro*, *celebro*, *asccro*, *interpetro*, *penetro*, *tenebro*, » *albitro*.

---

(1) A Florence on prononce *funébre*.

ARTICLE SECOND.

De la Prononciation de tous les mots, excepté des verbes, dont la règle n'a pas été indiquée dans l'article précédent, ni dans les remarques relatives à l'accent prosodique et à la quantité (1).

A.

Les mots terminés en *ae* et en *ao*, ont l'accent prosodique sur leur pénultième syllabe; comme, *Aglàe, cacào.* Mais *ippofae, pilao,* et les noms propres *Danae, Danao, Pasifae,* ont cet accent sur leur antépénultième syllabe.

B.

Les mots dont l'avant-dernière lettre est un *b*, ont l'accent prosodique sur leur antépénultième syllabe; comme, *célibe.* Mais cet accent tombe sur la pénultième, dans

arroba ,	carubo ,	impube ,
atelabo ,	cherubo ,	mesciroba ,
carruba ,	corribo ,	placebo ,
carrubo ,	cubebe ,	ribeba ,
caruba ,	guardaroba ,	salvaroba ,

(1) Ainsi il n'est pas question, dans cet article, des mots dont la voyelle finale est ou accentuée, ou immédiatement précédée de deux consonnes.

zinzibo ,   Zanobí.

Antibo ,

» caribo ,   Anubi ,

C.

Les mots dont l'avant-dernière lettre est un *c*, ont également l'accent prosodique sur leur antépénultième syllabe ; comme , *mónaco.* Mais cet accent tombe sur la pénultième , 1.º Dans

alice ,   caduco ,   feroce ,
amaca ,   capocroce ,   fiengreco ,
amico ,   capocuoco ,   fienogreco ,
antico ,   capodieci ,   formica ,
appendice ,   caprifico ,   intrico ,
appoco ,   castrafica ,   lavaceci ,
aprico ,   cercopiteco ,   lettica ,
atroce ,   cervice ,   lombrico ,
bacheco ,   cloaca ,   lorica ,
bacoco ,   cornice ,   lumaca ,
battifuoco ,   cotornice ,   meliaca ,
beccafico ,   coturnice ,   meliaco ,
bellico , *nom-*   dappoco ,   mendico ,
   bril(1) ,   dormalfuoco ,   mirice ,
bizzoco ,   erica ,   mollica ,
bomberaca ,   falsabraca ,   morice ,
bombice ,   fatica ,   morici ,
briaco (2) ,   felice , *heureux*, murice ,
bulimaca ,   fenice ,   narice ,

----

(1) De même *ombellico.*

(2) De même *ebbriaco , imbriaco , ubbriaco ,* qui ont la même signification que *briaco.*

nemico,   sopraccuoco,

nimico,   sottoboce,   Alarico,

ombelico,   sottocuoco,   Americo,

ombilico,   sottovoce,   Benaco,

opaco,   tamerice,   Berenice,

orbaco,   tampoco,   Caico,

orichico,   tecomeco,   Ceice,

ortica,   teriaca,   Clarice,

otriaca,   tignamica (1), Doralice,

panico, *panis*, triaca,   Enrico,

pappafico,   umbilico,   Federico,

parafuoco,   umiliaca,   Felice,

pastinaca,   umiliaco,   Fenice,

pendice,   utriaca,   Isaco (2),

perdice,   varice,   Linguadoca (3),

pernice,   veloce,   Lodovico,

portulaca,   verminaca,   Malaca,

precoce,   vernice,   Marica,

pudico,   vescica,   Meaco,

radice,   vessica,   Polinice,

rubrica, *rubrique*   Polluce,

   de livre,   » obblico,   Roderico,

sandaraca,   » oziaco,   Rodrico,

sassefrica,   » pascipeco,   Ulderico,

schifalpoco, » piccinaco,   Viriplaca.

sommaco,   » tiriaca,

2.º Dans les noms terminés en *eca*, *uca*, *uco*; comme, *ipotéca*, *felúca*, *eunúco*. Cependant le nom propre *Seneca* suit la règle générale.

---

(1) A Florence on prononce ordinairement *tignámica.*

(2) On écrit ordinairement *Isacco.*

(3) On écrit ordinairement *Linguadocca.*

3.º Dans les noms et adjectifs terminés en *ace* et en *trice*; comme, *fornáce, capáce, attríce*. Cependant *coltrice*, lit de plume, *istrice*, *mastrice, smilace* et *vetrice*, suivent la règle générale.

Nota. Dans les mots où la terminaison *trice* se trouve changée en *drice*, l'accent prosodique tombe toujours sur la même syllabe; comme, *imperatríce* et *imperadríce*.

D.

Les mots dont l'avant-dernière lettre est un *d*, ont également l'accent prosodique sur leur antépénultième syllabe; comme, *lívido*. Mais cet accent tombe sur la pénultième, 1.º Dans

alfido,	ereda,	pagode,
alluda,	erede,	pelapiedi,
arredo,	ganimede,	rapsodo,
cacasodo,	ignudo,	retroguida,
capopiede,	infido,	seminudo,
centonodi,	lampreda,	soprallode,
citaredo,	malaguida,	soprammodo,
comedo,	malgrado,	tempestade,
congedo,	marciapiede,	tragedo,
corredo,	melode,	treppiede,
custode,	mercede,	vaivoda,
dappiede,	millepiedi,	
disamistade,	moscada,	» battifredo,
disfida,	oltramodo,	
epodo,	oltremodo,	Abido,

Alcide , *Hercule* ,	Eraclide ,	Pelide ,
Aristide (1) ,	Erode ,	Pirode ,
Armida ,	Euclide ,	Suida ,
Atride ,	Ferecide ,	Tancredi.
Cupido ,	Gertruda ,	
Davide ,	Manfredi ,	

2.º Dans les noms terminés en *ado* et en *ude* ; comme, *vescovádo, palúde.*

3.º Dans les noms terminés en *ada* ; comme, *peveráda.* Cependant *lampada*, et *Amadriada, Driada, Pliada , Tiberiada*, suivent la règle générale.

4.º Dans les noms en *ade*, dont la terminaison actuelle est en *tà* ; comme, *pietáde.*

5.º Dans les noms et adjectifs terminés en *icida* ; comme, *deicída, omicída.*

6.º Dans les noms propres (2) terminés en *edo* et en *mede* ; comme, *Tolédo, Archiméde.* Cependant *Tenedo* suit la règle générale.

E.

Les mots terminés en *ea, ee, eo*, ont l'accent prosodique sur leur antépénultième syllabe ; comme, *pícea, violácee, marmóreo.* Mais cet accent tombe sur la pénultième, 1.º Dans

alcea ,	ateneo ,	caduceo ,
apogeo ,	baggeo ,	cibreo ,

---

(1) A Sienne on prononce *Arístide.*

(2) Sous la dénomination de *noms propres*, nous comprenons toujours les noms de peuples.

circea ,	perigeo ,	Eritreo ,
civea ,	perineo ,	Grineo ,
civeo ,	pritaneo ,	Idomeneo ,
coreo ,	sadduceo ,	Imeneo ,
correo ,	saduceo ,	Laodicea ,
ducea ,	scapponeo ,	Lerneo ,
epicureo ,	torneo ,	Megareo ,
giacea ,	treggea ,	Nicea ,
gineceo ,	trincea ,	Peneo ,
imeneo ,		Pireneo ,
jacea ,	Briareo ,	Pireo ,
liceo ,	Cananeo ,	Zuiderzee.
miscea ,	Ebreo ,	
panacea ,	Egeo ,	

2.º Dans les noms et adjectifs terminés en *beo*, *cheo*, *deo*, *feo*, *leo*, *meo*, *peo*, *seo*, *teo* ; comme, *cicisbéo*, *troféo*, *muséo*, etc. Cependant l'accent prosodique tombe sur l'antépénultième syllabe, dans

aculeo ,	lapideo ,	scordeo ,
argenteo .	latteo ,	
balteo ,	malleo ,	Broteo ,
ceruleo ,	mirteo ,	Epimeteo ,
clipeo ,	osseo ,	Penteo ,
culeo ,	panteo ,	Perseo ,
eculeo ,	plumbeo ,	Prometeo ,
erculeo ,	romuleo ,	Proteo ,
ileo ,	roseo ,	Timoteo (1).

3.º Dans les noms terminés en *bea*, *chea*,

---

(1) Les Toscans font tomber l'accent prosodique sur la pénultième syllabe dans les six noms propres en *teo* ; mais il vaut mieux ne pas les imiter.

dea, fea, lea, mea, nea, pea, rea, sea, tea; comme, *moschéa, idéa, maréa,* etc. Cependant *aranea, borea, cicorea, cornea, laurea, linea, miscellanea, nausea, scerpasolea, talea* et *trabea,* suivent la règle générale.

F.

Les mots dont l'avant-dernière lettre est un *f*, ont l'accent prosodique sur leur antépénultième syllabe; comme, *filósofo.* Mais cet accent tombe sur la pénultième, dans

carciofo,	sinalefa,	triglifo,
ippogrifo,	sinalefe,	Alife,
logogrifo,	sinalife,	Genovefa,
parafo,	tartufo,	Pasife.

G.

Les mots dont l'avant-dernière lettre est un *g*, ont également l'accent prosodique sur leur antépénultième syllabe; comme, *catálogo.* Mais cet accent tombe sur la pénultième, 1.º Dans

abuzzago,	auriga	compage,
acciuga,	bottega,	congrega (1),
ambage,	bozzago,	contrafuga,
archisinagogo,	cacasego,	deroga,
arcisinagogo,	castigo,	difrige,
areopago,	cattabriga,	diniego,
ariopago,	coccige,	falsariga,
arzigogo,	collega, *collègue,*	fatiga,

____

(1) Dans quelques endroits de l'Italie on prononce *cóngrega.*

filogo,	paragoge,	
gastigo,	pedagogo,	» appago,
idragogo,	presago,	» collega, *ligue*,
image,	quadriga,	» miluogo,
impiego,	ripiego,	
intrigo,	risega,	Astiage,
lattuga,	sanguisuga,	Edvige,
lettiga,	sassifraga,	Gonzaga,
luigi,	sinagoga,	Ladoga,
magogo (1),	soggiogo,	Ogige,
malvago,	sussiego,	Onega,
mistagogo,	tamerige,	Senega,
omega,	tartaruga,	Vitige.
orige,		

2.º Dans les noms propres terminés en *ego, igi, igo*; comme, *Lamégo, Parígi, Federígo.* Cependant *Tunigi* suit la règle générale.

I.

Les mots dont l'avant-dernière lettre est un *i*, ont l'accent prosodique sur la syllabe qui précède cette voyelle; comme, *invídia, effígie, edifízio.* Mais cet accent tombe sur l'*i* des terminaisons *ia, ie, io*, 1.º Dans

abazia,	agonia,	alopezia,
abbazia,	albagia,	alurgia,
addio,	allegoria,	amnistia,
aerofobia,	allegria,	anagogia,
afonia,	almugia,	analessia,
agenzia,	alopecia,	anfania,

____

(1) De même *demagogo, emagogo, flemmagogo.*

angaria ,
angonia ,
anitrio ,
anomalia ,
anoressia ,
antipatia ,
apagogia ,
apatia ,
apoplesia,
apoplessia ,
apostasia ,
aristolochia ,
armonia ,
arpia ,
artrodia ,
atarassia ,
atassia ,
atonia ,
atrofia ,
attoria ,
avania ,
avaria ,
avemaria ,
avemmaria ,
avvocaria ,
avvocazia ,
bacio, *lieu ombra-
gé* , ou *placé
au nord.*
badia (1) ,
bagnomaria ,
balia , *pouvoir,
autorité.*

balio , *bailli.*
bararia ,
baronia ,
bastia ,
befania ,
bigamia ,
bizzarria ,
borboglio ,
borbottio ,
borghesia ,
botio ,
bradipesia ,
bramosia ,
brulichio ,
brullichio ,
bugia ,
buzzichio ,
cachessia ,
cacochimia ,
cacofonia ,
calia ,
calloria ,
caloria ,
calpestio ,
caluria ,
campio ,
cangio ,
cappellania ,
cardialgia ,
carestia ,
castellania ,
catalessia ,
categoria ,

cavalcavia ,
cefalalgia ,
centroscopia ,
centuria, *centau-
rée.*
chicchessia ,
chirotonia ,
chirurgia ,
cicalio ,
cigolio ,
cirugia ,
cirurgia ,
coadjutoria ,
codardia,
colatio ,
collettoria ,
commessaria ,
commissaria ,
compagnia ,
correntia ,
correttoria ,
corsia ,
cortesia ,
cortigiania ,
cosmogonia ,
crepolio ,
crocevia ,
dataria ,
desio ,
diarria ,
dimenio ,
dinastia ,
discrasia ,

---

(1) De même *abbadia* , qui signifie la même chose.

disio ,
domeneddio ,
dulia ,
ecrasia ,
elefauzia ,
elegia ,
elicosofia ,
emiplessia ,
emorragia ,
emotossia ,
enciclopedia ,
energia ,
entelechia ,
epidemia ,
epidimia ,
epifania ,
epilessia ,
eresia ,
eucaristia ,
eufonia ,
euritmia ,
eutrapelia ,
eutropelia ,
eziamdio ,
eziandio ,
fagiania ,
fantasia ,
fantasmagoria ,
farmacia ,
fattoria ,
favellio ,
fellonia ,
filantropia ,
filautia ,

filosofia ,
filosomia ,
flemmazia ,
follia ,
forestaria ,
formicolio ,
fracassio ,
frenesia ,
friggio ,
fuggitio ,
gaggia , *cassie* ,
gagliardia ,
gagnolio ,
garantia ,
garentia ,
gastrorafia ,
gelosia ,
gemitio ,
gengia ,
genia ,
geodesia ,
geoscopia ,
ghiottornia ,
ginnopedia ,
giubilio ,
goezia ,
gorgoglio , *gar-*
   gouillis ,
gridio ,
guarentia ,
iddio ,
idiopatia ,
idragogia ,
idrocardia ,

idrofobia ,
idropisia ,
idroscopia ,
infingardia,
ingombrio ,
invio ,
involio ,
iperdulia ,
ipocondria ,
ipocresia ,
ipocrisia ,
ironia ,
iscuria ,
isteralgia ,
lavoratio ,
lavorio ,
leccornia ,
leggiadria ,
leggio ,
letanie ,
letargia ,
lettoria ,
leucoflegmazia ,
licantropia ,
lipotimia ,
litania ,
litargia ,
litiasia ,
liturgia ,
lomia ,
lopizia ,
lossodromia ,
lumia ,
macia ,

macinio ,
maestria ,
maggic..ra ,
magia ,
malanconia ,
malattia ,
malenconia ,
malfattoria ,
malia ,
malinconia ,
mallevadoria ,
malsania ,
malvagia, *malvoi-sie* ,
maninconia ,
mascalcia ,
mattia ,
melancolia ,
melanconia ,
melodia ,
mercanzia ,
mercatanzia ,
metallurgia ,
metoposcopia ,
misantropia ,
monodia ,
monogamia ,
monotonia ,
moria ,
mormorio ,
mugolio ,
musurgia ,
natio ,
notaria ,

obblio ,
oblio ,
odontalgia ,
omelia ,
omofagia ,
ortodossia ,
ortodromia ,
ortopedia ,
palindromia ,
palingenesia ,
palinodia ,
pannia ,
pantagonia ,
paralisia ,
paraplegia ,
paraplessia ,
paratio ,
parlasia ,
parodia ,
pazzia ,
pedagogia ,
pederastia ,
pendio ,
peripezia ,
peripneumonia ,
pestio ,
pirotecnia ,
pleurisia ,
pleuropneumonia,
poesia ,
poligamia ,
polizia ,
polmonia ,
polverio ,

precettoria ,
pretaria ,
pretoria ,
prigionia ,
primazia ,
prioria ,
profezia ,
prosodia ,
provveditoria ,
pseudoressia ,
pulizia ,
puttania ,
qualsisia ,
quarantia ,
questoria ,
rammentio ,
rammarichio ,
rapsodia ,
rassodia ,
ratio ,
recadia ,
regalia ,
resia , *hérésie* ,
restio ,
rettoria ,
ricadia ,
rimbombio ,
rimenio ,
rimproverio ,
ritropisia ,
ritrosia ,
ritrovio ,
romorio ,
ronzio ,

rosellia ,	senatoria ,	tintinnio ,
rosolia ,	sfolgorio ,	tintoria ,
rovinio ,	sghignazzio ,	tirannia ,
rovistio ,	sgominio ,	trambustio ,
sacrestia ,	sgretolio ,	tramestio ,
sacristia ,	signoria ,	traversia ,
saettia ,	simonia ,	tremolio ,
sagrestia ,	simpatia ,	tutoria ,
sagristia ,	sinfonia ,	tuttavia ,
salmodia ,	siniscalchia ,	ubbia ,
santamaria ,	soddomia ,	valentia ,
satrapia ,	sodomia ,	vernio ,
sbracio ,	solatio ,	vicaria ,
scacazzio ,	soldania ,	vicedio ,
scalpiccio ,	squinanzia ,	vievia ,
scampanio ,	stallio ,	vigoria ,
scancia ,	stantio ,	villania ,
scancio ,	starostia ,	zampillio ,
scansia ,	stiancio ,	zimotecnia ,
scheranzia ,	strascinio ,	
schiamazzio ,	stridio ,	» brigaria ,
schiancio ,	strofinio ,	» censoria ,
schienanzia ,	strombettio ,	» chericia ,
schinanzia ,	stropiccio (1) ,	» cherisia ,
scialacquio ,	supremazia ,	» chicresia ,
scioperio ,	susurrio ,	» chierisia ,
sciupinio ,	tarsia ,	» dannio ,
sciupio ,	tentennio ,	» disia ,
scontorcio ,	teodia ,	» dottoria ,
scoppiettio ,	teogonia ,	» epilensia ,
scremenzia ,	teoria ,	» falsia ,
sellaria ,	teurgia ,	» fattia ,

---

(1) Mieux que *stropiccio*.

» gentilia,   » signorio,   Laodamia,
» gingia,   » stoltia,   Lombardia,
» giulio, *joyeux*,   » storlomia,   Lucia,
» golosia,   » tenebria,   Malachia,
» grandia,   » turbinio,   Malvasia,
» imbolio,   » valentria,   Maria,
» ingordia,   » valoria,   Mattia,
» lebbrosia,   » volatio,   Messia,
» lecconia,   Natolia,
» legatia,   Albania,   Nicosia,
» lissio,   Anastasia (1),   Normandia,
» majoria,   Anatolia (*pays*),   Pavia,
» malvagia, *mé-*   Andaluzia,   Piccardia,
     chanceté,   Argia,   Rosalia,
» meschinia,   Arpia,   Rumelia,
» mondia,   Atalia,   Satalia,
» obblia,   Bastia,   Schiavonia,
» oblia,   Barbaria (2),   Sedecia,
» ombria,   Bulgaria,   Sofia,
» parentia,   Cefalonia,   Soria, *Souris*,
» poltronia,   Circassia,   Stefania,
» propostia,   Deidamia,   Sultania,
» repetio,   Elcia,   Talia,
» repitio,   Elia,   Tartaria,
» resia, *dissention*,   Ezzechia,   Tobia,
» ricrio,   Geremia,   Turchia,
» ripetio,   Golia,   Zaccaria.
» ripitio,   Ippodamia,
» ruffiania,   Isaia,

Nota. Parmi les mots en *ia*, rangés par ordre alphabétique, il n'y a aucun adjectif, ni

---

(1) C'est ainsi qu'on le prononce à Rome.
(2) On dit ordinairement *Barberia*.

aucun nom de femelle produit d'un nom de mâle, avec le seul changement de l'*o* en *a*.

2.º Dans les noms terminés en *archia, grafia, latria, logia, machia, mania, manzia, metria, ocrazia, nomia, talmia, tomia*; comme, *monarchía, geografía, economía*, etc. Cependant *balogia, lisimachia, smania*, les noms propres *Demetria, Eunomia, Ipparchia, Numanzia*, et les noms de pays terminés en *mania*, tel que *Germania*, suivent la règle générale; mais *Romania* a l'accent prosodique sur l'*i*.

3.º Dans les noms terminés en *eria*; comme, *cavallería*. Cependant l'accent prosodique tombe sur la syllabe qui précède la terminaison *ia*, dans

alateria ,		Faleria ,
arteria ,	▪ algheria ,	Iberia ,
asteria ,	» baeria ,	Miseria ,
feria ,		Numeria ,
filateria ,	Aleria ,	Siberia ,
maceria ,	Asteria ,	Silveria ,
materia ,	Egeria ,	Valeria.
miseria ,	Esperia ,	

L'accent prosodique tombe sur la première syllabe dans *fradicio, sudicio*, et sur l'avant-dernière lettre dans *lochii*.

J.

Les mots dont l'avant-dernière lettre est un

j, ont tous l'accent prosodique sur leur pénultième syllabe ; comme , *librájo*.

L.

Les mots dont l'avant-dernière lettre est un
l, ont l'accent prosodique sur leur antépénultième syllabe ; comme , *pópolo*. Mais cet accent
tombe sur la pénultième , 1.º Dans

affilo ,	mandola , *man-*	utensili ,
annali ,	*dore ,*	vajuole ,
antisala ,	martingala ,	vangajuole ,
asilo ,	mazziculo ,	vivola ,
atrabile ,	miglialsole ,	
bagagliuole ,	migliarola ,	» consolo, *conso-*
batticulo ,	parasole ,	*lation ,*
capofila ,	parola ,	» dinvolo ,
capriola ,	pentafilo ,	» paraula ,
carmagnola ,	piedestilo ,	
carola ,	pirola ,	Angola ,
casserola ,	pistola , *pistolet ,*	Araceli ,
cestarolo ,	pocofila ,	Betulo ,
chiesola ,	primipilo ,	Getulo ,
cicala ,	proffilo ,	Mausolo ,
corniola , *corna-*	profilo ,	Niccola ,
line ,	raviuoli ,	Nicola ,
creolo ,	regalo ,	Panfilo , *de la*
cuculo ,	rubiola ,	*Pamphilie ,*
erbarolo ,	serrafila ,	Pontemolo ,
girasole ,	soggolo ,	Sardanapalo ,
gladiolo ,	studiolo ,	Sofaia ,
graziola ,	tornasole ,	Tirolo.
involo ,	trafila ,	

3

2.º Dans les noms et adjectifs terminés en *ele* et en *ule*, au singulier; comme , *fedéle*, *pedúle.* Cependant *esule, isoscele , Semele, Tessele* , et les noms propres en *tele* , tel que *Prassitele* , suivent la règle générale.

3.º Dans les noms et adjectifs terminés en *elo* et en *uolo*; comme, *vangélo* , *figliuólo.* Cependant *angelo* et *Angelo* suivent la règle générale.

Nota. Quand l'*u* de la terminaison *uolo* est retranché, l'accent prosodique tombe toujours sur la même syllabe; comme, *oriuólo* et *oriólo*. Mais alors il ne faut pas confondre un mot avec un autre.

4.º Dans les noms terminés en *ela* et en *uola* , dans les composés de *mila* , et dans les noms propres en *uoli*; comme, *candéla, banderuóla , tremíla , Pozzuóli.* Cependant *angela* et *Angela* suivent la règle générale.

Nota. Quand l'*u* de la terminaison *uola* est retranché, l'accent prosodique tombe toujours sur la même syllabe ; comme, *ventaruóla* et *ventaróla.*

5.º Dans les mots terminés en *ale*, au singulier ; comme, *generále.* Cependant *cannibale*, *segale*, et *Annibale , Asdrubale , Cannibale, Euriale* , suivent la règle générale.

6.º Dans les noms et adjectifs terminés en *ile*, au singulier, quand cette terminaison n'est

pas immédiatement précédée de la lettre *b* (1) ;
comme , *campaníle* , *maschíle*. Cependant
l'accent prosodique tombe sur l'antépénultième syllabe, dans

acquatile ,	inconsutile ,	utile ,
agile ,	montatile ,	versatile ,
aquatile ,	ombratile ,	vigile ,
difficile ,	pensile ,	volatile ,
docile ,	portatile ,	
duttile ,	pugile ,	» fraile ,
facile ,	pulsatile ,	
fertile ,	rettile ,	Aristotile ,
fissile ,	scissile ,	Deifile ,
fossile ,	simile ,	Issipile ,
fragile ,	sterile ,	Neifile ,
fusile ,	strongile ,	Pirgotile ,
futile ,	suppellettile ,	
gracile ,	umile ,	

ainsi que dans les adjectifs terminés en *evile* ;
comme , *molestévile*.

M.

Les mots dont l'avant-dernière lettre est un
m, ont également l'accent prosodique sur leur
antépénultième syllabe ; comme , *próssimo*.
Mais cet accent tombe sur la pénultième ,
1.º Dans

accompagnanome,	androsemo ,	aromo ,
amomo ,	antinome ,	assieme ,

---

(1) Comme l'on a déjà vu , *atrabile* a l'accent prosodique sur sa pénultième syllabe.

assioma,
ateroma,
automa,
bireme,
biscroma,
blasfemo,
cambianome,
carcinoma,
cardamomo,
cinnamomo,
cognome,
concime,
condiloma,
consuma,
consumo,
costuma,
crisocomo,
diploma,
disistima,
elemi,
empireuma,
entomo,
estima,
estremo,
galantuomo,
gentiluomo,
giusquiamo,
glaucoma,
guaime,
guastime,
idioma,
imprima,
infame,
insieme,
jusquiamo,

lattime,
linseme,
madama,
maggiordomo,
majordomo,
mezzopome,
medemo,
negrofumo,
opimo,
pantomimo,
perizoma,
postremo,
prenome,
proclama,
produomo,
profumo,
pronome,
quinquereme,
racemo,
reclamo,
ricamo,
richiamo,
sarcoma,
sciloma,
semicroma,
semiuomo,
siccome,
sintomo,
soprannome,
soprassoma,
stafiloma,
steatoma,
sublime,
supremo,
timiama.

trireme,
valentuomo,
vicenome,

» ciloma,
» indomo,
» rinomo,
» ripostime,
» saime,
» sublimo,

Abramo,
Adamo,
Amsterdamo,
Antifemo,
Balaamo,
Beltramo,
Boemo,
Bonuomo,
Caimo,
Efraimo,
Eliacimo,
Emeramo,
Eufeme,
Geroboamo.
Gioachimo,
Gojamo,
Noemi,
Polifemo,
Roboamo,
Roterdamo,
Selimo,
Semirami,
Vandomo.

2.º Dans les noms terminés en *ame*, *ema*, *ume*, au singulier ; comme, *legnáme*, *poéma*, *costúme*. Cependant *anatema*, *aposema*, *mogliema*, et les noms propres terminés en *ame*, tel que *Datame*, suivent la règle générale.

3.º Dans les noms propres terminés en *demo* ; comme, *Nicodémo*.

N.

Les mots dont l'avant-dernière lettre est un *n*, ont l'accent prosodique sur leur pénultième syllabe ; comme, *gelsomíno*. Mais cet accent tombe sur l'antépénultième, **1.**º Dans

abrostino ,	canone ,	disamina ,
abrotano ,	carciofano ,	ditono ,
abruotina ,	carpino ,	ebano ,
abruotino ,	catecumeno ,	eglino ,
acino ,	catecumino ,	elatino ,
amazzone ,	centimano ,	elemosina ,
ambigeno ,	centina ,	elleno ,
androgino ,	climeno ,	energumeno ,
anemone ,	cofano ,	epimone ,
antifona ,	contermino ,	esamina ,
apocino ,	corbona ,	fascino ,
arbustino ,	corpusdomini ,	femina ,
arcifanfano ,	crastino ,	femmina ,
argano ,	cretano ,	fenomeno ,
argemone ,	daino ,	fiocina ,
asino ,	darsena ,	frassino ,
baritono ,	diacono ,	galbano ,
buccina ,	diafano ,	garofano ,
buccino ,	diascane ,	gemino ,

gherofano ,
giovane ,
glutino ,
gomena ,
gomona ,
grofano ,
gumina ,
ippomane ,
ladano ,
lamina ,
lampana ,
lampsana ,
laudano ,
lesina ,
libamina ,
limosina (1) ,
macchina ,
macina ,
mangano ,
modano ,
monotono ,
nomina ,
oceano ,
olibano ,
orfano ,
organo ,
origano ,
pagina ,
pampana ,

pampano ,
pampino ,
pantano ,
pastino ,
peucedano ,
platano ,
pristino ,
prolegomeno ,
queglino ,
quellino ,
rafano ,
ragana ,
ravano ,
redina ,
satana ,
scotano ,
scuotano ,
sedano ,
serotino ,
stefano ,
succino ,
terrigeno ,
tetano ,
timpano ,
tonfano ,
totano ,
tritono ,
uomini ,
zaino ,

zingana (2) ,
zingano ,

» diacano ,
» ebeno ,

Aborigeno ,
Agamennone ,
Antigone ,
Cenomano ,
Cristofano ,
Dardano ,
Demogorgone ,
Demona ,
Demone ,
Elena (3) ,
Elene ,
Eridano ,
Erigone ,
Fascino ,
Gorgone ,
Lacedemone ,
Lestrigone ,
Libano ,
Macedone ,
Mennone ,
Modena (4) ,
Oceano ,
Proserpina ,

---

(1) De même *elimosina* , qui a la même signification.
(2) Ce mot n'est pas mis ici comme féminin de *zingano*.
(3) A Sienne on prononce *Eléna*.
(4) De même *Modana* ou *Modona*.

Rimini ,	Sequana (1),	Termino ,
Rimino ,	Sequano ,	Tisifone ,
Rodano ,	Sindone ,	Trissino ,
Satana ,	Stefano ,	Vigevano.

Nota. Parmi les mots en *ina* et en *ino*, qui sont ci-dessus, il n'y a aucun diminutif; et parmi ceux en *one*, aucun augmentatif.

2.º Dans les mots terminés en *ine*, au singulier; comme, *fúlmine, gióvine, órdine*. Cependant *affine, aparine, confine, dirizzacrine, elsine, imbrentine, infine, mortine, sopraffine*, et le nom propre *Teocrine*, suivent la règle générale.

3.º Dans les noms et adjectifs terminés en *gono* et en *sono*; comme, *polígono, unísono*.

4.º Dans les noms propres terminés en *fane, gene, mene, stene*; comme, *Epífane, Diógene, Melpómene, Demóstene*. Cependant *Stalimene* et *Ismene* suivent la règle générale.

Nota. On prononce indifféremment *trapáno* et *trápano*. -- A Sienne on prononce *résina.*

O.

Les mots terminés en *oa, oe, oo*, ont l'accent prosodique sur leur pénultième syllabe; comme, *Lagóa, eróe, Achelóo*. Mais cet accent tombe sur l'antépénultième, dans

Alcinoe ,	Alissotoe ,	Anfirroe ,

---

(1) Aujourd'hui *Senna.*

Arsinoe ,	Guipuscoa ,	Piroe ,
Calliroe ,	Leucotoe ,	Siroe.
Cimotoe ,	Meroe ,	
Foloe ,	Ocirroe ,	

P.

Les mots dont l'avant-dernière lettre est un *p*, ont l'accent prosodique sur leur antépénultième syllabe ; comme, *ádipe*. Mais cet accent tombe sur la pénultième, 1.º Dans

antipapa ,	pestapepe ,	Canopo ,
catoblepa ,	piropo ,	Ciclope ,
dirupo ,	presepe ,	Ciclopo ,
egilope ,	pugnitopo ,	Crotopo ,
forasiepe ,	purgacapo ,	Esopo ,
giracapo ,	rompicapo ,	Euripo ,
grattacapo ,	scarsapepe ,	Europa ,
idropepe ,	sopraccapo ,	Gaudalupa ,
isopo ,		Inopo ,
issopo ,	» isapo ,	Monomotapa ,
lavacapo ,		Osopo ,
metopa ,	Asopo ,	Sinope.

2.º Dans les noms propres terminés en *apo* ; comme, *Esápo*.

R.

Les mots dont l'avant-dernière lettre est un *r*, ont l'accent prosodique sur leur pénultième syllabe ; comme, *dimóra*. Mais cet accent tombe sur l'antépénultième, 1.º Dans

acoro ,	almucantaro ,	anfora ,
albore , *arbre* ,	anafora ,	antora ,
aune ,	ancora , *ancre* ,	arbore ,

asaro ,

augure ,

barbaro (1) ,

bivaro ,

bosforo ,

canfora ,

cantare, } *pot de*

cantaro, } *chambre,*

capperi ,

carnivoro ,

centoviri ,

centumviro ,

cesare ,

chiacchiera ,

chiccheri ,

ciaccheri ,

collora ,

decenviri ,

diunviri ,

duumviri ,

efori ,

egira ,

elleboro ,

epanafora ,

escara ,

farfaro ,

femore ,

folgore , *foudre* ,

forfora ,

forfore ,

fosforo ,

fruttivoro ,

fulgure ,

gemelliparo ,

idrargiro ,

ilare ,

incorporo ,

lapislazzari ,

logoro ,

mandragora , \

manticora ,

martire, *martyr* ,

martora ,

martore ,

martoro, *martre* ,

memore ,

metafora ,

meteora ,

moltiparo ,

nettare ,

oviparo ,

pecora ,

piccaro ,

pifara ,

pillora ,

porpora ,

posteri ,

remora ,

retore ,

satira ,

satiro ,

saturo ,

scorporo ,

sisaro ,

superi ,

tartara ,

tartaro ,

tortora ,

tortore , *tourte-*

relle ,

triunviro ,

ussaro ,

viviparo ,

zeffiro ,

zefiro ,

zingaro ,

zoforo ,

» lettore, *lettres* ,

» porporo ,

Agenore ,

Alcantara ,

Antenore ,

Anticira ,

Barbara ,

Callicore ,

Castore ,

Elpenore ,

Ettore,

Eufranore ,

Evora ,

Ligure ,

---

(1) De même *rabarbaro* ou *reobarbaro* ou *reubarbaro* ou *riobarbaro* , rhubarbe.

Mentore,	Sisara,	Titiro,
Nestore,	Stentore,	Zaara.
Nicanore,	Tersicore,	
Sefora,	Testore,	

2.º Dans les mots terminés en *era*, *ere*, *ero*, quand ces terminaisons ne sont pas immédiatement précédées de la voyelle *i* (1); comme, *léttera*, *cárcere*, *número*. Cependant l'accent prosodique tombe sur la pénultième syllabe, dans

adultero, *pour a-*	cratere,	invero,
dulterio,	cristere,	jersera,
altero,	cristero,	luchera,
antera,	cucchiajera,	magistero,
arcivero,	daddovero,	matera (2),
atmosfera,	davvero,	meccere,
austero,	dimandassera,	menzognere,
battistero,	dimanisera,	menzognero,
billera,	disidero,	messere,
bufera,	domandassera,	ministero,
cantafera,	emisfero,	miserere,
capinera,	emispero,	mistero,
capinero,	filatera,	monastero,
chicchirlera,	fisetere,	monistero,
chimera,	galera,	munistero,
cimitero,	impero,	ovvero,
clistere,	ingegnere,	pantera,
clistero,	ingegnero,	piagnistero,
cratera,	intero,	podere,

---

(1) Comme l'on a déjà vu, *chiacchiera* a l'accent prosodique sur son antépénultième syllabe.

(2) Pour *materia*; mais on ne s'en sert aujourd'hui qu'en Poésie.

primavera ,	tiritera ,	Ibero ,
rimbaldera ,	uretere ,	Isera ,
saltero ,	vitupero ,	Lutero ,
scorzonera ,		Madera ,
severo ,	» correro,	Matera ,
sicumera ,	» crudero ,	Megera ,
sincero ,	» matera,	Nocera ,
stadera ,	» missere ,	Omero ,
stasera ,	» ovrero ,	Severo ,
stravero ,		Voghera.
sugumera ,	Assuero ,	
tantafera ,	Citera ,	

Les verbes en *ere* long, que l'on trouvera dans l'article suivant, conservent l'accent prosodique sur leur pénultième syllabe, quand ils sont substantifs , ou qu'ils sont employés substantivement : *il piacére, il tacére, il cadére.* Les infinitifs terminés en *iere* conservent aussi cet accent sur leur antépénultième syllabe , quand ils s'emploient substantivement ; comme, *il cógliere.*

3.º Dans les noms pluriels terminés en *ora* ; comme, *biádora, péttora*, etc. dont on se servait autrefois pour *biade, petti.* Cependant *interiora* suit la règle générale.

4.º Dans les noms propres terminés en *are, ari, aro, foro, agora* ; comme, *Césare, Lípari, Pésaro, Cristoforo, Pitágora.* Cependant *Albaro, Apollinare, Baldassare, Catanzaro, Malabaro*, suivent la règle générale.

S.

Les mots dont l'avant-dernière lettre est un
s, ont également l'accent prosodique sur leur
pénultième syllabe ; comme, *avvíso*. Mais cet
accent tombe sur l'antépénultième, dans

afferesi ,	elefantiasi ,	parentesi ,
analisi ,	elefanziasi ,	perifrasi ,
anastasi ,	enfasi ,	protasi ,
andiperistasi ,	entasi ,	protesi ,
antanaclasi ,	epentesi ,	semiparalisi ,
antifrasi ,	epitasi ,	sinderesi ,
antiperistasi ,	estasi ,	sineresi ,
antitesi ,	genesi ,	sintesi ,
appigionasi ,	ipostasi ,	
brindisi ,	ipotesi ,	Brindisi ,
chermisi ,	matatesi ,	Caucaso ,
citiso ,	metamorfose ,	Efeso ,
cremisi ,	metamorfosi ,	Lachesi ,
dieresi ,	metatesi ,	Nemesi ,
diesi ,	paracentesi ,	Pegaso ,
dinosi ,	parafrasi ,	Tunisi.
diocesi ,	parenesi ,	

T.

Les mots dont l'avant-dernière lettre est un
t, ont également l'accent prosodique sur leur
pénultième syllabe ; comme, *abéte*. Mais cet
accent tombe sur l'antépénultième, 1.º Dans

aconito ,	alito ,	anelito ,
adito ,	ancipite ,	antidoto ,
agata , *agate* ,	andito ,	antipate ,

antiteto,

apostata,

ariete,

aromato,

aspalato,

assiomate,

attonito,

automato,

battito,

benedicite,

bibita,

bicipite,

cappita,

centripeta,

cespite,

chiaito,

ciato,

cicerbita,

circuito, *circuit*,

cognito,

coito,

comito,

computo,

condito, *bâti,
formé*,

consito,

credito,

cucurbita,

debito (1),

decrepito,

dedito,

diaflagmate,

digito,

dimandita,

diruto,

disputa (2),

domito,

ebete,

entomata,

entomati,

epiteto,

esercito,

esito,

esplicito,

eteroclito,

fegato,

fomite,

fortuito,

fraternita, *con-
frairie*,

fremito, *frémisse-
ment*,

gemito, *gémisse-
ment*,

genito,

gettito,

gomito,

gratuito, *gratuit*,

grisolita,

imperterrito,

impeto,

implicito,

inclito,

inedito,

insito,

interito,

interprete,

introito,

intuito,

iperbato,

ipocrita, *hypo-
crite*,

ipocrito,

lascito,

lecito,

licito,

lievito,

limite,

mammata,

merito,

milite,

mogliata,

moglieta,

monocromato,

nascita,

neofito,

orbita, *orbite,
ornière*,

ospite,

palmite,

---

(1) Ce mot n'est pas mis ici comme substantif. Il en est de même de *solito*.

(2) En Toscane on prononce *dispáta*.

paraclito ,
perdita ,
placito ,
prandipeta ,
precipite ,
premito ,
prestita ,
prestito ,
preterito (*quand il n'est pas participe*) ,
proselito ,
recita ,
recondito ,
reddito ,
regurgito ,
rendita ,
ricondito , *caché, occulte* ,
rigurgito ,
ringurgito ,
rogito ,
sabato ,
sabbato ,
satellite ,
sciamito ,
seguito , *suite* ,

semita ,
solito ,
sollecito ,
sollicito ,
sospite ,
spirito ,
stimate ,
stimite ,
stipite ,
subito ,
suddito ,
superstite ,
tacito ,
tramite ,
transito (*quand il n'est pas participe*) ,
tremito ,
tricipite ,
triemito ,
tuffete ,
vegeto ,
veliti ,
vendita ,
vincita ,
visita ,

vomito, *vomissement* ,
zoofito ,

» fratelo ,
» incendito ,
» maritoto ,
» nascito ,

Agata ,
Brigita ,
Civita (1) ,
Dalmata ,
Ecate ,
Eneto ,
Erato ,
Felicita ,
Galata , *Galate,* peuple ,
Golgota ,
Lapita ,
Nisita ,
Procita ,
Sarmata ,
Tacito ,
Veneto.

2.º Dans les noms terminés en *bito, olito, pito;* comme, *abito, accolito, strepito.*

3.º Dans les noms et adjectifs terminés en *osito;* comme, *deposito.*

4.º Dans les noms propres terminés en

---

(1) On écrit aussi *Cività.*

crate, crito, doto, strato; comme, *Sócrate, Demócrito, Eródoto, Filóstrato.*

U.

Les mots dont l'avant-dernière lettre est un *u*, ont l'accent prosodique sur la syllabe qui précède cette voyelle ; comme, *obblíquo, perpétuo.* Mais cet accent tombe sur l'*u*, dans *altrui, ambedui* ou *ambeduo, colui, costui, cotestui, Cimabue*, ainsi que dans les composés de *due*; comme, *ambedúe, ventidúe.*

Le mot *siliqua* a l'accent prosodique sur sa première syllabe.

V.

Les mots dont l'avant-dernière lettre est un *v*, ont l'accent prosodique sur leur antépénultième syllabe ; comme, *véscovo.* Mais cet accent tombe sur la pénultième, 1.º Dans

acclive ,	contraccava ,	proavo ,
alcovo,	contracchiave ,	proclive,
allievo ,	controprova,	rilevo ,
altrove ,	declive,	rilievo ,
ammazzabovi ,	incavo ,	riprova ,
architrave ,	laddove ,	ripruova ,
arcova ,	longevo ,	ritrovo ,
attive ,	ottava ,	semibreve ,
bisavo ,	ottavo ,	soave ,
cacasevo ,	passive ,	sollievo ,
conclave ,	pesceduova ,	stragrave ,
conclavi ,	pesceduovo ,	suave ,

terzavo ,	Agave ,	Moldavo ,
toppallacchiave ,	Calatrava ,	Morava ,
	Gostavo ,	Moravo ,
» ignavo ,	Lodeva ,	Soave.
	Moldava (1),	

2.º Dans les mots terminés en *iva* et en *ivo*, ainsi que dans les composés de *nove*; comme, *attiva*, *sustantivo*, *ventinove*.

Z.

La consonne *z* est toujours doublée, quand elle est l'avant-dernière lettre d'un nom ou d'un adjectif singulier. Mais comme quelques-uns ne doublent pas cette consonne, lorsque le double *zz* doit être prononcé comme *dz*, nous ne devons pas omettre de dire ici que les mots dont l'avant-dernière lettre est un *z*, ont tous l'accent prosodique sur leur pénultième syllabe, excepté *polizza* qui l'a sur son antépénultième.

---

(1) *Moldava* et *Morava* ne sont pas mis ici comme féminins de *Moldavo*, *Moravo*.

ARTICLE TROISIÈME.

*De la Prononciation des Verbes dont la règle
n'a pas été indiquée dans l'article premier ,
ni dans les remarques relatives à l'accent
prosodique et à la quantité.*

1. Les infinitifs terminés en *are* et en *ire* ,
ont tous l'accent prosodique sur leur pénultième syllabe ; comme , *amáre, sentíre.*

2. Les infinitifs terminés en *ere* ont l'accent
prosodique sur leur antépénultième syllabe ;
comme , *crédere, émpiere.* Mais cet accent
tombe sur la pénultième , dans

avere ,	manere (1) ,	strabere ,
cadere ,	offerere ,	tacere ,
calere ,	parere ,	temere ,
capere ,	persuadere ,	tenere ,
devere ,	piacere ,	valere ,
dissuadere ,	potere ,	vedere ,
dolere ,	profferere ,	vigere ,
dovere ,	ribere ,	volere ,
gaudere ,	sapere ,	
giacere ,	sedere ,	» galdere ,
godere ,	silere ,	» savere.
imbere	solere ,	

---

(1) De même *rimanere* , qui est beaucoup plus en usage que *manere* ;
d'ailleurs celui-ci ne s'emploie qu'à l'infinitif.

3. Les personnes du nombre singulier , des verbes en *ere* et en *ire* , qui ne finissent pas par une des diphthongues *ai, ei, oi, ui*, ou par une voyelle accentuée , ont toutes l'accent prosodique sur leur pénultième syllabe ; comme , *imprímo*, *dicéva*, *sentíi*. Ces mêmes personnes des verbes irréguliers de la première conjugaison , suivent la même règle ; comme, *assueféci, ridiéde, sovrastía.*

4. Les personnes du singulier de l'imparfait de l'indicatif, des verbes en *are*, ont l'accent prosodique sur leur pénultième syllabe ; comme , *amáva, cantávi.*

5. Les premières et secondes personnes du nombre pluriel , ont également l'accent prosodique sur leur pénultième syllabe ; comme, *amiámo, credéte, sentirémo.* Mais la première personne du pluriel de l'imparfait du subjonctif, a cet accent sur son antépénultième syllabe ; comme, *amássimo, credéssimo, sentíssimo.*

6. Les troisièmes personnes du pluriel , des verbes en *ere* et en *ire*, ont l'accent prosodique sur leur antépénultième syllabe ; comme , *crédono, vínsero, séntano, síeno* (1) Mais on prononcera *credéro, sentiro.* Voyez les remarques relatives à l'accent prosodique et à la quantité.

---

(1) Bien entendu qu'il n'est pas question ici , des troisièmes personnes du pluriel terminées en *nno* ; comme *antisanno, crederanno.*

7. La troisième personne du pluriel du parfait défini , du conditionnel présent, et de
l'imparfait de l'indicatif et du subjonctif, des
verbes en *are*, a l'accent prosodique sur son
antépénultième syllabe ; comme , *amárono*,
amerébbero, amávano, amássero. Mais on prononcera *amáro*. Voyez les remarques relatives
à l'accent prosodique et à la quantité.

8. Les troisièmes personnes du pluriel *diano*
ou *dieno*, *stiano* ou *slieno*, *facciano*, *vadano*,
ont l'accent prosodique sur leur antépénultième syllabe.

9. Quand la première personne du singulier
du présent de l'indicatif, des verbes en *are* ,
se termine en *io* ou en *uo*, l'accent prosodique
tombe sur la syllabe qui précède ces terminaisons ; comme, *abbrévio, contínuo*. Mais
cet accent tombe sur l'*i* de *io*, et sur l'*u* de
uo , dans les verbes

avvio ,	immio ,	ricrio ,
convio ,	indio ,	risvio ,
desio ,	induo ,	trasvio ,
desvio ,	invio ,	travio ,
devio ,	obblio ,	
disio ,	oblio ,	» adduo ,
disvio ,	ovvio ,	» concrio ,
divio ,	pazzio ,	» forvio ,
fantasio ,	recrio ,	» intuo.

L'accent prosodique tombe sur la syllabe
qui précède la terminaison *icio*, dans les verbes
disembricio, infradicio, insudicio.

10. Quand la première personne du singulier du présent de l'indicatif, des verbes en
are, a une consonne, ou la voyelle *e*, pour
avant-dernière lettre, l'accent prosodique
tombe sur la pénultième syllabe de cette personne; comme, *ajúto*, *cortéo*. Mais l'accent
prosodique tombe sur l'antépénultième syllabe
de cette même personne, 1.º Des verbes

abbacare,	arginare,	deputare,
abborrinare,	arietare,	desinare,
affascinare, *en-*	assimilare,	dirugginare,
sorceler,	astrolagare,	disalveare,
affegatare,	astrologare,	disaminare,
alborare,	augurare,	disarborare,
allucinare,	buccinare,	. discrepare,
alluminare,	bucinare,	disinare,
amalgamare,	caprugginare,	disjecorare,
ammainare,	carminare,	disputare,
ammarginare,	centinare,	dissipare,
ancorare,	cicurare,	dominare,
annichilare,	comodare (1),	effeminare,
annubilare,	compaginare,	effemminare,
anticipare,	computare,	emancipare,
apocopare,	conglutinare,	epilogare,
apostatare,	contaminare,	epitomare,
apostrofare,	continovare,	equivocare,
arcifanfanare,	corroborare,	esaminare,
arganare,	criminare,	esilarare,

---

(1) On dit indifféremment *incomodare* et *incommodare*, *scomodare*
et *scommodare*; mais seulement *accomodare*. Ces cinq verbes suivent la
règle de *comodare*.

estrinsecare,
fascinare, *ensor-*
   celer,
filosofare,
flebotomare,
flobotomare,
folgorare,
fulminare,
garofanare,
geminare,
germinare,
giubbilare,
giubilare,
grandinare,
illuminare,
imbalsamare,
imaginare,
immaginare,
immarginare (1),
impampinare,
impelagare,
imporporare,
inalveare,
inarborare,
incercinare,
incorporare,
interpretare,
interrogare,
intonacare,
intrinsecare,

inverminare,
letaminare,
limosinare,
lineare (2),
litigare,
logorare,
macchinare,
macinare,
manganare,
mantacare,
memorare,
menomare,
menovare,
mentovare,
mitigare,
monacare,
mormorare,
mutilare,
naufragare,
nauseare,
navigare,
nominare,
obbligare,
occupare,
ordinare,
organare,
originare,
parafrasare,
partecipare,
participare,

pastinare,
pecorare,
pegnorare,
perifrasare,
periodare,
pettinare,
pignorare,
piovegginare,
piovigginare,
posticipare,
procrastinare,
prolagare,
prologare,
propagginare,
prorogare,
remigare,
reprobare,
reputare,
rimuginare,
rugumare,
ruminare,
sanguinare,
scorporare,
segregare,
seminare,
sermocinare,
sfegatare,
sfiocinare,
sibilare,
sincopare,

---

(1) De même *rimarginare.*
(2) De même *delineare*, qui a la même signification, et qui est beaucoup plus en usage.

sindacare,	strologare,	vegetare,
spampanare (1),	suffumigare,	ventilare,
spampinare,	sverginare,	vigilare,
spelagare,	terminare,	
spettorare,	titubare,	» diramorare,
stomacare,	trutilare,	» maginare,
stonacare,	vaticinare,	» principare.
strolagare,	vedovare,	

2.º Des verbes terminés à l'infinitif en *erare, icare, idare, imare, itare, olare, ulare;* comme, *certifico, ábito, stimolo,* etc. Cependant la première personne du singulier du présent de l'indicatif des verbes suivans, reçoit l'accent prosodique sur sa pénultième syllabe;

S A V O I R :

abbicare,	asseverare,	convolare,
acculare,	attritare,	desolare,
acquartierare,	avverare,	diffidare,
additare,	azzicare,	dischierare,
adimare,	azzimare,	disfidare,
adulare,	calamitare,	disnidare,
affidare,	capriolare,	disolare,
afforestierare,	carolare,	disperare,
aitare,	collimare,	estimare,
amicare,	concimare,	evitare,
annerare,	confidare,	faticare,
annidare,	consolare,	formicare,
arrolare,	contritare,	frugnuolare,
asserare,	convitare,	imbollicare,

---

(1) Quand *spampanare* signifie *se vanter,* on prononce *spampáno,* quoique *Spadafora* dise le contraire.

impadulare, meretricare, sorvolare,
impappaficare, nemicare, spadulare,
imperare, nimicare, sublimare,
impolare, nutricare, trasvolare,
incerare, ricolare, travolare,
inromitare, rifidare, trincerare,
intimare, rigridare, trucidare,
intricare, rimpedulare, vernicare,
inverare, rinferrajolare,
invitare, rinculare, » arrabbicare,
involare, risolare, » dicimare,
manierare, ritritare, » dilimare,
mariolare, rivolare, » divimare,
maritare, sbellicare, » impedicare,
mazziculare, sincerare, » spedicare.
mazzuolare, soddomitare,
mendicare, soggolare,

Nota. Pour ce qui est des personnes, des
verbes en *are*, dont la prononciation n'a pas
été indiquée dans l'article premier, ni dans
celui-ci, voyez les remarques relatives à l'accent
prosodique et à la quantité.

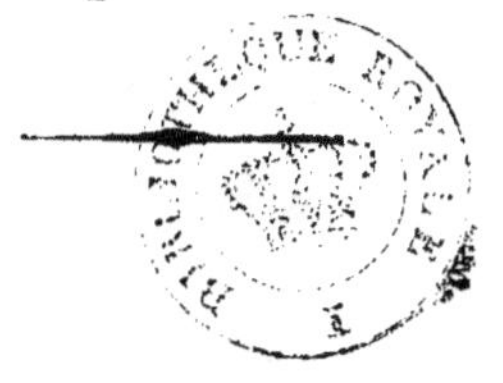